Lyrik nach alter Weise

Druck: Theiss GmbH, St. Stefan im Lavanttal
ISBN 978-3-99027-084-4

GÜNTER BRUS

Lyrik nach alter Weise

Mit 24 Zeichnungen des Autors

JUNG UND JUNG

Schon beugt sich der Mai zum Juni hin
Die Drosseln spotten jeder Beschreibung
Es hungert ein nimmersattes Grün
Und strebt zur Selbstentleibung

Am Abend wenn die Augen welken
Dämmern die Stunden vor sich hin
Es trauern in der Vase die grauen Nelken
Zur Fäulnis hin, zum Hirnruin

So will es die herrliche Natur
Dass den Menschen Krankheiten plagen
Bandscheibenschäden quälen die Statur
Und Vatermörder gehen uns an den Kragen

Dunkelschwarz war es selbst im Tage
Dazwischen glimmerte der Quarz
Ein Hexentanz, so will es die Sage
Verdüsterte beschwingt den Harz

Ein weißer Wind jagt über das Land
Tauperlen kristallisieren im Moment
Es gefriert die Vernunft im Verstand
Es ist bitterkalt, aber das Weltall brennt

Lebenslänglich pumpt das Herz Blut in die Adern
Atemlos währen die Zeiten über den Tod hinaus
Nach dem Sterben baut man Gräber aus Quadern
Einziger Trost: auch die Trauergäste sterben aus

Die Zeichen am Firmament, sie stehen schlecht
Sie künden von einem düsteren Klagebericht
Vom Tod der Poesie, von Heine bis Brecht
Die Knochen der Wörter, sie leiden an Gicht

Vom Hochaltar klettert ein hölzern Gebein
Es knattert und rattert die heilige Gestalt
Mich dürstet, sprach sie zum Messewein
Dies Gemälde hat ein einstiger Maler gemalt

In jener Ferne, die die Erde umrundet
Durchquert der Blick die tausend Horizonte
Und kehrt zurück, längst übergestundet
Zu einem Blick, der im Augapfel wohnte

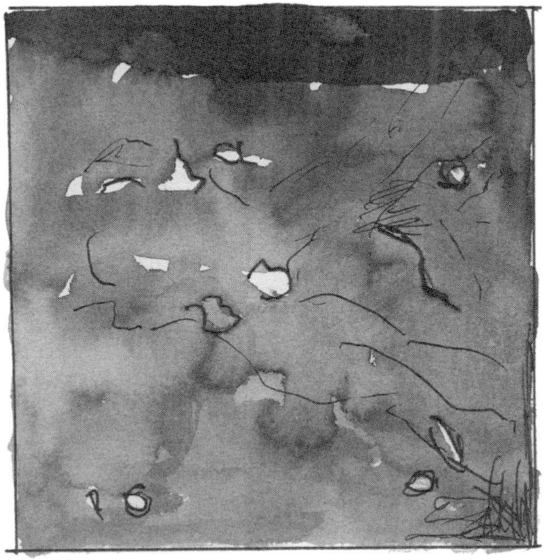

Im Garten blühen Rosen, Zyklamen und Nelken
Sie blühen länger, als der Dichter sie beschreibt
Die alte Sprache, sie ist bereits am Verwelken
Die Poesie, sie hat sich längst selbst entleibt

Aus reinster Seide war sie und ihr Gewand
Glasklar war das Gefäß, umfassend ihre Seele
Das im Gehirn beheimatet war als Verstand
In der knöchern umfangenen Denkerhöhle

Ein schwefelgelber Schrei drang aus dem Sumpf
Er tönte wie das Geschrei von Hyänen
Der Moormörder feierte seinen aasigen Triumph
Im Morast hört man noch ein leises Stöhnen

Nach edlen Metallen wird immerfort geschürft
Ob im Gebirg oder an der goldenen Küste
Der Silbersee wird von Säufern geschlürft
Übrig bleibt morsches Gebälk vom Gelüste

Überraschung ist, wenn Ungeahntes passiert
Ein Ziegel fällt und landet auf dem Asphalt
Ein Passant hat sich in eine Nebengasse verirrt
Das Ereignis, rücklings, ließ ihn kalt

Wie schön und herrlich ist die Frömmigkeit
Man glaubt an etwas, das nicht ist
Zwischen Himmel und Hölle die Seeligkeit
Im Fegefeuer langweilt sich unendlich der Christ

Wer hat die Kugelform physisch erdacht?
Die Erde als Vorbild war es nicht gewesen
Vielleicht war es etwa der Perle Pracht
Die perfekte Kugel ist ein seltsames Wesen

Niemand wird mehr sein im Erdverein
Der Unstern von Physikern erfunden
Stürzt ab auf das irdische Sein
Statt die Kugel ewig zu umrunden

Kein Vorbild ist der Mensch für die Ahnen
Aber in der Steinzeit war da ein Prophet
Der sah voraus alle Lustspiele und Dramen
In Ewigkeit Amen, lautete sein Gebet

Verklemmt war im Mittelalter jeder
In Zubern hockten Mann und Weib zusammen
Ihre Badekleidung war aus Wisentleder
Das Heilwasser stank nach Herren und Damen

Das Werden und Vergehen raubt den Verstand
Ein ganzes Leben verbringen wir mit dem Leben
Nackt kommen wir zur Welt ohne Gewand
Dann ziehen wir schüchtern uns aus am Strand

Modern wurde nach Max Stirner der Egoismus
Der Einzige und seine Eigentümlichkeit
Man springt von einem Ego-Naturalismus
Und über allem schwebt spaßige Heiterkeit

Wenn der Tod uns erwartet im Hospital,
Dann werden die Kabel der Geräte abgedreht
Dann wird der Lebenssaft zum Fanal
Da kam Lebenshilfe früher als zu spät

Seinen Leib nahm er nur wahr, verschwommen
Er wartete ab die letzte Ruhestätte
Im Spital grüßte man mit »schmerzlich Willkommen«
Dort trank er Spirituosen und rauchte Kette

Performence nannte man die Kunst der Plagiate
Alles war neu und der allerletzte Schrei
Die Tabus, die man sprengte, tragen Krawatte
Man demaskiert die Kunst im Kostümverleih

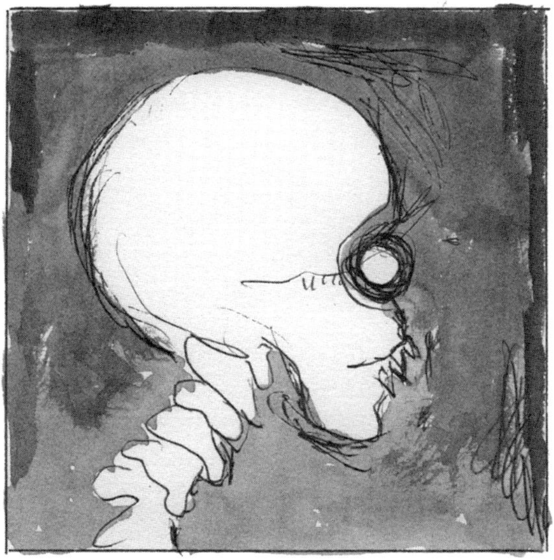

Ziemlich zwei Leute kehrten in eine Schenke ein
Es war im Mittelalter und es stank die Gosse
Von der Vogelweide tönte der Gesangsverein
Es schnaubten die Dirnen und die Rosse

Charles Darwin war ein spätes Genie
Jahrhunderte früher hatte der Affe zwei Augen
Und die Wirbelsäule markierte Symmetrie
Als würden alle Primaten als Menschen taugen

Was sind Arier? Wer sind die gewesen?
Längst erforscht, sie leben im Iran
Arisch hat man in Mecklenburg nie gelesen
Lohengrin züchtete einen judenfreien Schwan

Wenn die Schallmauer bricht, entsteht ein Knall
Der Mensch plagiiert gern Donner und Blitz
Wetterleuchten veranstaltet den Maskenball
Der Buddhist langweilt sich im Schneidersitz

Aus Papier oder Metall ist das Geld
In Wahrheit aber aus Luft und flüchtig
Unsichtbar beherrscht es die Welt
Eine Droge, die benebelt, denn sie macht süchtig

Uns geht es schlecht, lautet der Klagebericht
Obgleich wir alles kaufen und versaufen
Wir verstehen nichts von einem Verzicht
Auf unserer Wanderung haben wir uns verlaufen

Die Aufklärung war nur eine sogenannte
Man glaubt noch immer an Engel und Phantome
Faszinierend ist zwar stets das Unbekannte
Es geht um ein weiteres Spalten der Atome

Eine Katastrophe, verursacht von der Natur
Da hört man auf, dieselbe zu loben
Das Gipfelkreuz mit seiner christlichen Statur
Errichtet zu Ehren eines Höheren, dort oben

Es schmilzt das Eis, die Erde beginnt zu glühen
Krisenstäbe tagen in Metropolen
Scheinheilig bleibet das stete Bemühen
Der Energiebedarf schürft weiter nach Kohlen

Den Realismus gibt es immer wieder
Darstellbar ist ein Stahlwerk und die Bazille
Auch das Unsichtbare singt seine Lieder
Ein leeres Blatt verursacht eine reale Stille

Wissenschaft hat es immer gegeben
Der Mensch hat sie nicht erfunden
Seit der Zeit, als anfing das Leben
Forschten Einzeller nach tiefen Wunden

Ein Terrorist sprengt sich in die Morgenluft
Hurra! Schreit er, ich explodiere gern
Dann braucht man Grüfte, nicht nur eine Gruft
Denn verteilt liegt sein Leib im Namen des Herrn

Von Lorbeer umkränzt wurden große Poeten
Ihr Haupt strahlte hell wie der Sterne Schnuppen
Heute geht nicht Pan, sondern Dichtung flöten
Und Lorbeer würzt nur noch die Gulaschsuppen

Heimat bist du großer Töchter und Söhne
Land der Sommer- und der Wintergäste
Unterschiedlich sind deine Arbeitslöhne
Dein Volk trägt stets die weiße Weste

Grachtendirndl tragen Amsterdams Maisjes
Geometrisch werden gezüchtet die Tulpen
Mondrian erfand die Quadratur des Kreises
Oranjes Fahne flattert ohne Stulpen

Jeder Deutsche ist ein Dichter und Denker
Ob weltberühmt oder unerkannt
Auf dem gelben Wagen sitzt Goethe, ihr Lenker
Seine sämtlichen Werke, erhältlich im Otto-Versand

Ein Katholik sitzt im Beichtstuhl hinter Gittern
Drei Vaterunser hat er nach der Sitzung zu beten
Die Fresken längst in den Domen verwittern
Schluss mit der Leibesstrafe der Asketen

Kommt ein Vogel geflogen
Setzt sich nieder auf mein Arsch
Doch der Vogel hat gelogen
Es war ein mehr als feister Barsch

Die Väter erklären uns eine große Zeit
Wo Honig und Milch aus Kanonen flossen
Noch in den Trümmerhaufen waren sie bereit
An einen Retter zu glauben, unverdrossen

Vierzeiler deuten hin auf ein Alterswerk
Sie stützen sich auf die Gesänge der Truden
Wenn sich kein Reim ergibt als Vermerk
Schlägt der Dichter nach im großen Duden

Um eine runde Ecke schleicht ein brauner Hund
Sein Gebiss ist fletschend und gefährlich
Extrem pervers ist sein Mund und Schlund
Ihm nachts zu begegnen, ist wahrlich entbehrlich

Eine Seilschaft erklimmt einen steilen Felsen
Vier Mann hoch, lautete die gemeinsame Parole
Doch stechmückend benahmen sich die Gelsen
Die vier seilten sich ab und nahmen Alkohole

Vier tote Musikanten spielten ein Quartett
Die Nummer Null im Köchelverzeichnis
Alle zusammen waren ein harmonisches Skelett
Eine Todesfuge celanisierte sich als Gleichnis

In einem Palmenhain lagerten die Sommergäste
Der blaue Strand lagerte am gelben Meer
Sie feierten unter Lampionen geile Feste
Bis ein Tsunami kam von ungefähr

Vielen Dank für ihren Brief
Er kam an, während ich schlief
Es weckte mich das Gezirp einer Grille
Inhalt: ein Testament, sein letzter Wille

Lege dich nieder, stürze einfach um
Uralte Trauerweide du
Dein Stamm ist morsch und krumm
Ich gönne dir die Nervenruh

Der Wirtschaft geht es gut, wenn nicht besser
Alle Menschen leben produktsozial
Bruttoregister werden immer größer
Armutszeugnisse wirken fast banal

Es kichern die Erbsen ihren Hülsengesang
In ihren Schoten rattern die Bohnen
Irisierend im Auge tönt der Linse Klang
In einer Erbse will ich sterben, in einer Bohne wohnen

Die Vergangenheit war vorher, also vorgestern
Zeitgerecht ist jetzt die Gegenwart
Die Geburt und der Tod sind Schwestern
Null Uhr, eine zeitlose Eigenart

Der Erdball wird eng, die Menschenmenge zu groß
Man will nicht zu Gott, eher zu den Planeten
Wo man astral wohnen kann in Mutters Schoß
Und als Masse sein darf in astralen Städten

Nicht ich, sondern Jemand wohnt in mir
Er ist der Fingerabdruck meiner Eigenheit
Der Staat nimmt mich immer ins Visier
Der Staat bin ich nicht, ich trage nur sein Kleid

Der Mensch ist ein infektiöses Material
Er stützt sich auf seine Vergangenheit
Er wiederholt stets seinen Kriegskrawall
Aus der Mode kommt nie das Rüstungskleid

Aus dem Welterstaunen kommt man nicht heraus
Die Evolution hat alles Notwendige erschaffen
Vom Fetzenfisch bis zur fledernden Maus
Und der Homo sapiens sorgte für die Waffen

Die Kerze brennt, solang der Docht das will
Das Feuer schrumpft in sich zusammen
Zurück bleibt das Schweigen, ganz ganz still
Aber das Gedächtnis steht in Flammen

Es schnurrt die Katze an des Schläfers Seite
Der Traum währt lang auf diese Weise
Aber um fünf Uhr früh sucht sie das Weite
Das Frühstück zu holen, eine Maus oder Meise

Schall und Rauch sind Gefühl und Verstand
Und die Seele sitzt hinter der Stirn
So ist es jedenfalls im Abendland
Woanders wohnt ein Gott im Gehirn

Die Jungfrau Maria erscheint heute selten oder nie
Kein himmlisches Leuchten gleißt an den Grotten
Die Kinder neigen nicht mehr zur Hysterie
In Nepal haben Visionen sogar noch die Toten

Ausgerüstet mit einem Mal- und Zeichenblock
Sucht der Impressionist nach dem Motiv
Er greift der Natur in den bunten Unterrock
Hernach ein blauer Reiter unter der Brücke schlief

Empfehlenswert ist ein allgemeines Leben
Ein Sein ohne besondere Skandale
Eine Erde ohne Vulkan, Taifun und Beben
Eine Frucht in einer dicken Schale

Er besann sich auf eine schwarze Musik
Selbst seine Frühlingssonate klang anthrazit
Unter einem Trauermantel suchte er sein Glück
Verrosten ließ er seinen goldenen Schnitt

Der Fisch stinkt nach alten Flossen und Gräten
Er schlief allzu lang auf der Küchenbank
Als Leichenschmaus könnte er Menschen töten
Auch war der Fischer beim Fang schon krank

Ein munteres Liedlein pfeift der Naturalist
Ob im Gebirge hoch oder in der öden Wüste
Er durchwandert die Welt als ein frommer Christ
Er schwimmt im Meer und ersäuft vor der Küste

Die Sache oder das Ding ist eine Realität
Die Sprache will es so und kann es nicht besser
Das Ding kommt nach seiner Ursache zu spät
Und das Unding schwimmt in keinem Gewässer

Nach der Blüte einer gelobten Hochkultur
Erfolgte ein abgrundtiefer Niedergang
Abgeschliffen waren die Zeiger der Uhr
Und es dämmerte darin der Abgesang

Die Leiche trieb aufgebläht im Wasser, im trüben
Im Oberlauf des Flusses ward sie umgebracht
Unschuldig der Täter, er wollte das Morden üben
Als Laie hat er etwas falsch gemacht

In manchen Staaten gibt es Geschlechtsanwälte
Dem Aufgeklärten ist dies schleierhaft
Der Mann ist am Leben, seine Frau ein Gemälde
Ein Bildnis, in das er jagt seinen Saft

Man beschädigt die Uhr, um länger zu leben
Man hantiert nervös an der Unruh nun
Um die Zeit nicht an die Jetztzeit zu kleben
Sie zieht aber ihren Kreis, rundherum

Man sah eine kristallene Natur niedersinken
Vom Firmament prasselten Edelsteine
Man sah Tote aus gläsernen Pokalen trinken
Und auferstanden ihre trunkenen Beine